AF542651

14 Novembre 1912 V

VENTE DU JEUDI 14 NOVEMBRE 1912

HOTEL DROUOT, SALLE N° 7

A DEUX HEURES

OBJETS D'ART

ET

D'AMEUBLEMENT

FAIENCES ET PORCELAINES

Service en ancienne Porcelaine de Chine

OBJETS VARIÉS — SCULPTURES

MEUBLES

Tapisseries des XVIIe et XVIIIe siècles

EXPOSITION PUBLIQUE

LE MERCREDI 13 NOVEMBRE 1912

De 1 heure 1/2 à 6 heures

COMMISSAIRE-PRISEUR

Me HENRI BAUDOIN

Successeur de M. PAUL CHEVALLIER

10, rue Grange-Batelière

EXPERTS

MM. MANNHEIM

7, rue Saint-Georges

PARIS

CONDITIONS DE LA VENTE

Elle sera faite au comptant.

Les adjudicataires paieront *dix pour cent* en sus des enchères.

Paris. — Imp. de l'Art, Ch. Berger 41, rue de la Victoire.

DÉSIGNATION

FAIENCES ET PORCELAINES

1 — Plat en faïence genre Faenza, décoré au fond d'un buste de personnage; feuillages sur fond bleu au marli.

2 — Deux bouquetières, en forme de commode. Ancienne faïence du Midi.

3 — Trois potiches avec couvercles en ancienne faïence de Delft ; décor bleu de personnages et rocailles.

4 — Compotier en ancienne porcelaine de Chine, époque Kien-lung, à bords ajourés, décoré, au fond, d'une haie fleurie avec oiseau.

5 — Théière et pot à lait avec couvercles, tasse et soucoupe en ancienne porcelaine de la Compagnie des Indes : personnages et lambrequins en noir.

6 — Deux petites potiches avec couvercles en ancienne porcelaine de Chine, décor, dit à mandarins ; encadrements de feuillages en bleu.

7 — Bol avec couvercle, décor bleu, rouge et or. Ancienne porcelaine du Japon.

8 — Deux tasses avec soucoupes, décor bleu, rouge et or. Ancienne porcelaine du Japon.

9 — Saucière avec plateau en ancienne porcelaine de Fürstenberg, décor de bustes en camaïeu gris et de guirlandes de feuillages.

10 — Tasse à deux anses avec couvercle et soucoupe en porcelaine du commencement du XIXe siècle, décor en dorure sur fond bleu.

11 — Porte-fleurs avec couvercle en porcelaine de Paris, époque Restauration : fleurs sur fonds verts et blancs alternés.

12 — Grande tasse avec soucoupe, décor de genre japonais. Porcelaine anglaise.

13 — Deux assiettes, décorées de fleurs, en porcelaine de Nymphenbourg.

14 — Fontaine en grès gris français, représentant une femme debout, avec inscription française.

15 — Compotier : fleurs en bleu. Ancienne porcelaine tendre de Chantilly.

16 — Statuette de femme nue en porcelaine tendre.

17 — Compotier, décor polychrome à la haie fleurie. Genre Delft.

18 — Assiette, décor bleu : arbustes. Ancienne faïence de Delft.

19 — Assiette, à inscriptions. Ancienne faïence de Delft.

20 — Six assiettes en ancienne faïence française, décor à l'œillet.

21 — Vingt-quatre assiettes, anciennes faïences françaises variées. (Seront divisées.)

22 — Saladier, décor de fleurs, et trois assiettes, dont une à décor de fleurs, en ancienne faïence de Sinceny, une autre en ancienne faïence du Midi, à décor de fleurs, et l'autre genre Lorraine à personnages.

23 — Urinal en ancienne faïence de Sinceny, décor de fleurs.

24 — Plat octogone, décor bleu. Rouen.

25 — Plat ovale : fleurs. Sèvres surdécoré.

26 — Pichet, faïence française, et assiette, décor de fleurs. Ancienne porcelaine de la Compagnie des Indes.

27 — Grande coupe, décorée de fleurs, oiseaux et carrelages, en ancienne porcelaine de Chine, époque Kien-lung.

28 — Grand plat, décoré de fleurs, en porcelaine du Japon.

29 — Deux moutardiers variés en ancienne porcelaine de Paris.

30 — Encrier, décoré de fleurs, en ancienne porcelaine de Boissette.

31 — Deux statuettes : Paysanne et Colporteur, en faïence.

32 — Petite tasse et soucoupe, décorées d'oiseaux, fond bleu turquoise. Porcelaine.

33 — Deux tasses variées avec soucoupes, décorées de fleurs et oiseaux. Ancienne porcelaine de Chine, époque Kien-lung.

34 — Grande soupière avec couvercle, aiguière avec couvercle, hanap casque, deux légumiers avec couvercles, théière avec couvercle, deux sucrières avec couvercles repercés, trois tasses variées et trois soucoupes, neuf assiettes, deux petits plats, un grand plat creux, un autre plus petit, quatre grands plats, en ancienne porcelaine de Chine, à décor de style européen, consistant en armoiries, rinceaux, quadrillés, monogrammes, mascarons, entrelacs, etc.

35 — Petit vase sphérique, décoré d'arbustes et de personnages en relief, dans le style chinois. Ancienne porcelaine tendre.

36 — Statuette de personnage barbu, debout, vêtu de rouge, avec long manteau à fleurs, en porcelaine allemande.

37 — Six assiettes décorées de guirlandes de fleurs. Ancienne porcelaine de la Compagnie des Indes.

38 — Deux vases de fleurs simulées, décorés de rinceaux et de guirlandes en bleu. Ancienne faïence de Delft.

39 — Plat ovale, décoré d'oiseaux dans un paysage. Ancienne faïence de Lorraine.

40 — Plat ovale, décoré d'oiseaux avec fleurs en relief, en ancienne faïence de Lorraine.

41 — Assiette, décorée d'une corbeille de fleurs et de guirlandes. Ancienne faïence de Rouen.

42 — Sucrier avec couvercle et sur plateau fixe ; décor de fleurs. Ancienne porcelaine tendre de Chantilly.

43 — Plat creux, à quatre réserves cordiformes sur fond vert, en ancienne faïence de Delft.

44 — Compotier et trois assiettes variées ; décor bleu, rouge et or. Ancienne porcelaine du Japon : personnages et fleurs.

45 — Compotier, décoré d'animaux dans le style japonais, en ancienne porcelaine de Saxe.

46 — Petit vase à col évasé en ancienne porcelaine de Chine émaillée jaune clair truité.

47 — Petite bouteille en ancienne porcelaine de Chine émaillée gris craquelé.

48 — Petit vase, à col évasé, en ancienne porcelaine de Chine émaillée vert camélia truité.

49 – Sucrier rond avec couvercle, décor bleu, rouge et or. Ancienne porcelaine du Japon.

50 — Petit vase-rouleau, décoré d'une scène familiale, en ancienne porcelaine de Chine.

51 — Pitong cylindrique, décoré d'un paysage et d'une inscription. Ancienne porcelaine de Chine.

52 — Petite chimère en ancienne porcelaine de Chine, émaillée sur biscuit.

53 — Deux groupes de chimères-porte-fleurs. Ancienne porcelaine de Chine, émaillée sur biscuit.

54 — Deux potiches avec couvercles, décor de rinceaux en bleu. Porcelaine de Chine, fin de l'époque Kien-lung.

55 — Garniture de trois vases quadrilatéraux, ajourés, avec couvercles, en ancienne porcelaine de Chine, époque Kien-lung, à décor de médaillons contenant des fleurs et attributs.

OBJETS VARIÉS

56 — Petit plateau ovale en cuivre gravé.

57 — Tabatière, forme soulier, en bois.

58 — Six gardes de sabres japonais.

59 — Saucière ronde, décor bleu. Ancienne porcelaine de Chine.

60 — Quatre gardes de sabres japonais en shakoudo, shuibitshi et fer, à décor de personnages, etc.

61 — Dessin à la plume : le Désastre de la Pointe-à-Pitre.

62 — Petit tableau : Portrait de Glück.

63 — Trois pièces : Scène familiale, Napoléon et un soldat, et personnage debout, signé : *Andrieux*, *1848*.

64 — Deux petits tableaux, l'un d'après Teniers, le Fumeur, l'autre, Portrait de jeune femme.

65 — Aquarelle : Jeune Femme assise, fustigeant l'amour et accompagnée d'une chèvre et d'une brebis.

66 — Aquarelle : Cheval de course, avec l'inscription : *Saint-Christophe*, *G. Finot*, *1877*.

67 — Petite peinture : Scène galante. Encadrée.

68 — Lot de gravures.

69 — Six volumes variés.

70 — Miniature ovale : Portrait de femme, vue à mi-corps, vêtue d'une robe blanche décolletée, avec ceinture bleue. Signée : *S. Marszatkiewiez*.

71 — Deux flambeaux minuscules en bronze.

72 — Deux médaillons : silhouettes en noir sur fond doré.

73 — Dix-sept poupées. Époque du Second Empire.

74 — Encrier en bronze et marbre jaune. Époque Empire.

75 — Deux porte-fleurs en cristal.

76 — Quatre fragments de guirlandes en bois doré.

77 — Cinq fragments de baguettes Louis XV en bois doré.

78 — Cadre rectangulaire en bois doré.

79 — Cinq portefeuilles variés, dont un grand, du temps du Premier Empire.

80 — Cadre en bois sculpté, avec traces de dorure. Époque Louis XIV.

81 — Support à porte-plumes en bronze et marbre jaune. Époque Empire.

82 — Petit panneau, à fenestrages gothiques, en bois sculpté. Fin du XVe siècle.

83 — Chemise en toile écrue brodée. Travail oriental.

84 — Trois morceaux d'étoffe orientale tissée de métal, rayée jaune et rouge à fleurs.

85 — Pantalon en étoffe orientale à fleurettes.

86 — Deux morceaux de gilet en soie rayée et brodée à fleurs. XVIIIe siècle.

87 — Deux chaussures orientales en cuir rouge.

88 — Cinq fragments de soie rayée et brochée à fleurs.

89 — ECOLE FRANÇAISE : Portrait de femme. Toile ovale.

90 — Bas-relief en terre cuite : Bacchante et amours, d'après CLODION.

91 — Petit modèle de commode en bois de placage, munie de quatre tiroirs.

92 — Cadre doré, à ouverture ovale.

93 — Petit tableau en verre dit églomisé : la Cène.

94 — Miroir, avec tiroirs en acajou.

95 — Deux carafes avec bouchons et plateau en cristal taillé.

96 — Vitrail rectangulaire, présentant des armoiries entourées d'une inscription, avec la date *1572*, ainsi que de mascarons, fleurs, fruits, etc.

97 — Statuette en terre cuite peinte, présentant la Vierge assise, allaitant l'Enfant Jésus.

98 — Fort lot de figurines en bois sculpté et peint. Travail italien.

99 — Bas-relief en cuivre doré : Pieta. XVIIe siècle.

100 — Petit bas-relief en bois sculpté : le Portement de croix.

101 — Deux statuettes de personnages chinois en bois peint. Travail chinois.

102 — Deux gravures, d'après *Schal* et *Queverdo.*

103 — Petit dévidoir en bois.

104 — Ciboire en cuivre gravé sur pied uni.

105 — Buste en plâtre de jeune femme, grandeur nature, vêtue d'une chemisette avec draperie, des fleurs dans les cheveux.

106 — Coffret en mosaïque de paille.

107 — Deux bas-reliefs en terre cuite, à sujet de faunes. Signés.

108 — Trousse de mathématique dans un écrin en peau.

109 — Christ en cuivre champlevé et émaillé.

110 — Étui cylindrique, décoré de dieux marins, en ivoire.

111 — Médaillon ovale en marbre blanc, à sujet mythologique, XVIIe siècle; bordure de marbre de couleur.

112 — Buste en terre cuite de femme couronnée de pampres.

113 — Statuette en bois sculpté et peint gris de guerrier debout, vêtu à l'antique. XVIIe siècle.

114 — Samovar en métal.

115 — Coffret-nécessaire contenant six flacons à bouchons d'argent, et un petit entonnoir en argent, du XVIIIe siècle.

116 — Buste en terre cuite, grandeur nature, de Jean-Baptiste Rousseau, portant la perruque, la tête légèrement tournée vers l'épaule gauche, la chemise entr'ouverte, laissant voir la poitrine. Au revers, l'inscription à demi-effacée : *Jean B. R; Caffieri*, et datée.

117 — Grande gouache, présentant un officier debout, accompagné de son chien. Encadrée. Commencement du XIXe siècle.

118 — Groupe en terre cuite : Faune assis, accompagné d'une nymphe et d'un enfant. Au revers, le nom de CLODION.

119 — Deux têtes de chérubins en marbre blanc. Italie, xvie siècle.

120 — Plaque rectangulaire en cuivre émaillé, de travail persan, présentant sept personnages assis dans un jardin, devant une habitation. Encadrée.

121 — Métier à tapisserie au point. xviiie siècle.

122 — Petit vase quadrilatéral, décoré de rinceaux à fond bleu. Ancien émail cloisonné de la Chine.

123 — Deux petits vases variés, à motifs irréguliers sur fond bleu. Ancien émail cloisonné de la Chine.

124 — Petit brûle-parfums rectangulaire avec couvercle, à décor de rinceaux sur fond polychrome. Email cloisonné de la Chine.

125 — Boîte sphérique sur pied, décorée de motifs irréguliers sur fond bleu. Ancien émail cloisonné de la Chine.

126 — Petite boîte carrée surbaissée à rinceaux sur fond bleu. Ancien émail cloisonné de la Chine.

127 — Petite boîte lenticulaire, à décor de rinceaux sur fond bleu. Émail cloisonné de la Chine.

MEUBLES, TAPISSERIES

128 — Chaise percée en bois sculpté et canné. Époque Louis XV.

129 — Bois de chaise sculpté à moulures et fleurettes. Époque Louis XV.

130 — Chaise en bois sculpté à moulures, époque Louis XV; elle est recouverte d'étoffe.

131 — Petite console en bois sculpté et doré, à décor de coquilles, rocailles et feuillages. Époque Louis XV.

132 — Bois de bergère, en partie du temps de Louis XVI. Signé : *Menant.*

133 — Petite étagère-applique en bois, munie de deux portes, en partie du temps de Louis XVI.

134 — Petite glace dans un cadre à fronton en bois sculpté, à décor de coquilles et branchages fleuris. XVIIIe siècle.

135 — Horloge à gaine en laque, décor de paysages, de style chinois, sur fond rouge. XVIIIe siècle.

136 — Commode à trois tiroirs en bois de violette à quadrillés; chutes, poignées, entrées de serrure en bronze à rocailles; tablette de marbre brèche.

137 — Lit à baldaquin en bois sculpté à grosses feuilles et rosaces; colonnes enguirlandées de feuillages. En partie du XVIIe siècle.

138 — Tapisserie flamande du XVIIe siècle, à sujet tiré de l'Histoire de Constantin, composition de nombreux personnages sur fond de paysage avec cours d'eau, habitations, etc.; bordure de fruits et d'animaux.

Haut., 3 m. 45 cent.; larg., 4 m. 45 cent.

139 — Tapisserie d'Aubusson, du temps de Louis XV, présentant un paysage avec ruines et, au premier plan, une paysanne accompagnée de brebis et d'une vache. Bordure de baguettes enguirlandées de feuilles et de fleurs.

Haut., 2 m. 80 cent.; larg., 2 m. 50 cent.

140 — Petit panneau en ancienne tapisserie : la Vierge en prières.

www.ingramcontent.com/pod-product-compliance
Lightning Source LLC
LaVergne TN
LVHW010018230826
846092LV00002B/878

9782329458113